OBSERVATIONS

GRAMMATICALES ET MORALES

SUR FIGARO.

OBSERVATIONS

GRAMMATICALES ET MORALES

SUR FIGARO,

Présentées aux Amateurs de la Langue ;

PRÉCÉDÉES

D'un Discours à M M. les Comédiens ordinaires du Roi,

ET SUIVIES

DE quelques Réflexions sur les trente Volumes des Œuvres de Voltaire, livrés au Public par M. DE BEAUMARCHAIS.

Du séjour de la Vérité, chez l'Ingénu.

————————————————

M. DCC. LXXXV.

AVANT - PROPOS

De L'Éditeur, qu'il eſt néceſſaire
de lire.

DE tous les hommes qui exiſ-
tent, ſi je ne ſuis pas le plus malheureux, je ſuis au moins à plaindre.
Forcé de m'exiler des lieux que
j'avois choiſi pour ma retraite, j'ai
mené, depuis trois ans, une vie er-
rante & vagabonde. L'Angleterre,
la Hollande, la Pruſſe, en me
récelant dans leur ſein, m'ont ten-
du, ſucceſſivement, une main ſecou-
rable. Je ne ſais ſi je dois attribuer
à la politique des Cours Etrangeres,
plutôt qu'à leur humanité, la maniere gracieuſe avec laquelle elles

accueillent les talents. Sans me pré-
valoir de ceux que je dois à la nature & que j'avoue très-foibles, je
n'ai pas laiſſé de jouir, à deux cent
lieues de mon pays, des attraits flat-
teurs d'une conſidération non ſuſ-
pecte. Malgré cet avantage, l'amour
de la patrie, ce ſentiment ſi naturel
aux bons Français, ne m'a pas
permis de vivre plus long - temps
ſous le ciel de ces divers horiſons.
Un ſoupir pouſſé vers mes compa-
triotes, m'a reconcilié avec mes
Dieux Pénates. Vas où tu peux,
meurs où tu dois, dit le proverbe :
il faut être fidele a cet axiome : la
France fut mon berceau ; n'eſt - il
pas juſte qu'elle recueille mes cen-
dres ?

Quelles raiſons, me demanderont

peut-être quelques curieux, ont donc
pu vous obliger à déferter votre Patrie, pour porter ailleurs vos talents
& vos lumieres? je le répete, mes
talents font bien foibles, & mes lumieres ne font guere étendues. Je
ne faurois pourtant me diffimuler
que je fuis redevable à cette chaîne
d'événements tragiques qui n'a ceffé
de me brider jufqu'à ce jour, d'une
infinité de réflexions que je n'euffe
peut - être jamais faites au fein du
repos & dans l'aifance du bien - être.
Je ferois même tenté de croire que la
fphere des connoiffances humaines
s'élargit à mefure que les refforts de
l'efprit fe trouvent affiégés par l'in-
fortune. Quoiqu'il en foit, il eft dé-
montré que l'honnête homme qui a
paffé par toutes les étamines du malheur, eft ordinairement plus inftruit

qu'un Sibariste plongé dans le luxe : du moins, n'est-on pas en droit de lui reprocher qu'il a le cœur méchant, ou le caractere atroce. Sensible à l'excès pour tout ce qui porte le cachet de la misere, le juste respect qu'il a pour les malheureux, est un gage non équivoque de la tendre affection qu'il doit avoir pour eux.

Que le Lecteur débonnaire me pardonne ces courtes réflexions, en faveur du zele qui m'anime pour la classe la plus indigente, & sans doute la plus respectable des sociétés civiles ; qu'il apprene, enfin, à quels excès de méchanceté une basse jalousie & un vil intérêt sont quelquefois capables de porter les hommes : l'on va voir que j'en suis une victime nouvelle. Beaucoup d'extérieur, peu

d'intérieur ;

d'intérieur ; des vertus apparentes
& des vices réels, voilà les qualités
caractéristiques de la plupart des
individus. Se ipsum deserere tur-
pissimum est : *Un être raisonnable
ne doit jamais s'oublier.* J'appelle de
cette vérité à PIERRE-AUGUSTIN
CARON DE BEAUMARCHAIS. Qu'il
sache, cet homme superbe, que je ne
connois les serpens de l'envie, que
parce qu'ils ont épuisé sur moi leurs
traits les plus envénimés. Moins
Jaloux de la réputation qu'indigné
des sourdes menées de mon perfide
antagoniste, j'eusse cru mériter une
espece de honte, si j'avois laissé
échapper l'occasion de me venger
avec éclat d'un ennemi qui m'a presque réduit aux portes. Oui, Monsieur, vous m'avez presque réduit
aux portes : encore un pas, & je

suis à l'hôpital ; non seulement moi, mais mon épouse & mon enfant. Ce n'étoit pas assez, Monsieur, d'un seul infortuné ; il vous falloit trois victimes à la fois. Jouissez donc, si vous le pouvez, jouissez de votre triomphe, sans éprouver des remords ! Sur-tout, ne me faites pas un crime d'avoir fait servir le peu qui me restoit des débris de ma fortune, à la publicité des hauts faits qui vous rendent recommandable.

Vous m'avez tout ravi, desir, tendresse, espoir;
Une juste vengeance est mon dernier devoir.

DISCOURS

A M M. les Comédiens du Roi.

MESSIEURS,

LA profession critique que vous exercez fur le plus favant théatre de la terre, vous met à portée de connoître les écarts du génie, & d'apprécier, avec juftefſe, le progrès des Beaux-Arts. L'illuftre Moliere, ce réformateur du mauvais goût, qui joignoit au double talent de créer & de repréſenter, le rare avantage d'être jufte dans fes expreſſions & vrai dans fes idées; Moliere, dis-je, qui n'introduifit jamais fur la fcene des tableaux révoltants, fut, de l'aveu de tout homme connoiſſeur, le modele inimitable de la bonne comédie. Nourri, dès fon bas âge, de la lecture d'Ariſtophane, de Plaute & de Terence, il ſut cueillir, d'une main délicate, les fruits les moins ſuſceptibles de l'intempérance des ſaiſons. Non moins jaloux de la gloire, qu'admirateur du beau, ſi cet homme célebre s'appropria quelquefois les richeſſes de ſes maîtres, ce fut moins dans l'intention de corrompre les mœurs, que de les corriger. Le bas jargon des ruelles, les mauvaiſes pointes, le ridicule jeu des mots ; tout ce vain attirail d'une ſcience ſervile, n'entra jamais pour rien dans les ingénieux canevas de ſes pieces originales : *ridendo caſtigat mores.*

Nés avec des talents ſupérieurs, qui vous diſtinguent, Meſſieurs, de la claſſe commune des hommes, comment n'avez-vous pas ſenti qu'en donnant vigoureusement cours à la FOLLE JOURNÉE, vous portiez à la Langue Française les coups les plus terribles ? Si vous vous rappellez le sujet qui fit naître à Moliere l'idée sublime de ses *Précieuses Ridicules*, vous verrez avec quelles armes il terrassa le mauvais goût qui regnoit alors en France. Quelques génies ultramontains, attachés au service de Cathérine & de Marie de Medicis, en nous étalant un savoir plus voisin de la folie que de la raison, ne sembloient avoir hérité du bas comique d'Aristophane, que pour renchérir sur les indécences & le faux bel-esprit de cet Auteur obscène. De-là ce conflit d'opinions érronées, qui faute de goût & de discernement, firent marier à leurs innovateurs le faux avec le vrai, le juste avec l'injuste.

Permettez-moi, Meſſieurs, d'entrer ici dans quelques détails relatifs à Figaro, afin de vous prouver d'une maniere ſenſible & non équivoque, que le culte du faux ſavoir peut qulquefois aller juſqu'à la démence, & que ſa tradition fatale doit néceſſairement confondre la langue parlée avec la langue écrite. Quelques exemples puiſés dans l'Avertiſſement des Précieuſes Ridicules, ſuffiront pour vous en convaincre. » Ce fut alors, dit l'Editeur, » qu'on appella le bonnet de nuit *le » complice innocent du menſonge,* le » chapelet, *une chaîne ſpirituelle ;* » l'eau, *le miroir céleſte,* les filoux, » *les braves incommodes,* &c. &c. » Mettez, Meſſieurs, en parallele le beau jargon de *Figaro,* avec cette tirade du faux bel-eſprit, & blâmez moi, ſi vous l'oſez, d'avoir tenté de tourner en ridicule la plus misérable des productions. Croyez, Messeurs, que tant que l'épidémie du bel-esprit l'emportera, comme dans *la Folle Journée*, sur les lumieres de la raison, l'on blessera toujours la délicatesse d'une Nation aussi polie qu'elle est spirituelle. La fleur légere de l'esprit, une fois montée à un certain degré de licence, il est probable que les mœurs, quelques austeres qu'elles soient, ne tardent pas à se corrompre ; & de la licence au crime, le pas est glissant.

L'arbre de la science, vous le savez, Messieurs, fut planté par Louis XIV : serions-nous assez malheureux, pour le voir dégénérer sous Louis XVI ? Non, Messieurs, l'Auguste Monarque qui nous gouverne, fait rendre justice au mérite,

& adjuger aux talents une valeur proportionnelle. Intimément perfuadé que , de la culture des Beaux - Arts, dépend prefque toujours la profpérité des Empires , Louis xvi , en les protégeant , ajoute une confidération nouvelle au fang des Bourbons. Déjà fon règne nous préfage le beau fiecle d'Augufte : Il accueille , il flatte , il récompenfe ceux que l'amour des Lettres aiguillonne, & que la nature fit naître pour le bonheur du monde.

Fin du Difcours.

OBSERVATIONS

OBSERVATIONS

GRAMMATICALES ET MORALES

SUR FIGARO,

PRÉSENTÉES AUX AMATEURS

DE LA LANGUE ÉCRITE.

ACTE PREMIER.

SCENE PREMIERE.

FIGARO.

DIX - *neuf pieds fur vingt-fix.*

Il faut convenir , Meſſieurs , que ce début eſt noble. Vous m'objeƈterez , peut-être , que les expreſſions recherchées , ſur-tout dans le bas comique , doivent être proſcrites. A la bonne heure.

A

L'idée lumineufe de ces fix mots, *dix-neuf pieds fur vingt - fix*, annonce chaudement le but louable de l'Auteur. Figaro, valet d'un Comte qui porte le nom de Monféigneur Almaviva., & le chafte amant d'une Suzannne , femme de chambre de la Comteffe , digne époufe de Monféigneur, ouvre modeftement la fcene par une manœuvre des plus favantes. Il ne manque à Figaro , qui tient en main une toife , qu'un compas & la pierre noire , pour tracer à quelques appareilleurs le croquis de fes nouveaux deffins.

Suzanne, fon amante, a la maladreffe de le furprendre dans fes graves fonctions : elle lui demande , d'un ton railleur , ce qu'il *mefuroit donc là ?*

Vous en douteriez - vous , Meffieurs ? C'eft un appartement dont la petiteffe l'inquiette ; il n'a que dix - neuf pieds fur vingt - fix. Seroit - il poffible d'y placer un lit affez vafte pour renfermer Monfieur

Figaro & Mademoiselle Suzanne, laquelle porte *un petit chapeau, joli bouquet virginal*, qu'elle fait admirer à son amant, & *qui est doux le matin des nôces , à l'œil amoureux d'un époux* ?

Vous allez dire , Messieurs , que les valets des Comtes & les femmes des Comtesses de notre siecle, employent rarement ces expressions entortillées : elles n'en font que plus énergiques ; patience, vous en lirez de plus énergiques encore.

Ce pauvre Figaro a cépendant pris des mesures inutiles. Mademoiselle Suzanne ne veut pas coucher dans cet appartement, qui, néanmoins, est *le plus commode du* Château. Pourquoi cela , me demande-rez - vous ? Parce qu'il communique aux appartements de Monseigneur & de Ma-dame, & que, *zest , en deux pas* , Suzanne est chez sa maîtresse ; & *crac, en trois sauts* , Figaro se trouve dans la chambre de son maître. Bonne raison , répond

Suzanne ; mais aussi, *zest, en deux pas* ; Monseigneur est à ma porte ; *& crac, en trois sauts*. . . . . L'honnête agent des plaisirs du Comte, le Musicien Bazile, lui répéte chaque jour cette leçon.

Permettez-moi, Messieurs, de vous faire une question. Est-ce avec les Matelots du *Fier Rodrigue*, jadis *l'Hippopotame*, que l'Auteur a appris à parler un langage aussi modeste, digne, à tous égards, de la bouche d'un Crocheteur ? Quoi qu'il en soit, le Figaro que, *zest*, il fera bientôt gentilhomme, figurera bien mieux lorsque, *crac*, il deviendra le méprisable fruit des amours d'une servante & d'un Docteur. Son bas jargon décele déjà sa misérable origine. O nature ! vous ne vous démentez jamais, en dépit du pinceau de nos élégants Auteurs !

La leçon de musique que répétoit Suzanne, devoit attirer au pourvoyeur Bazile une forte semonce. *Oh ! mon mignon !* s'écrie l'amant, *si jamais volée de bois verd, appliquée sur l'échine d'un pédant, a duement redressé la moëlle épiniere de quelqu'un.* . . . . . .

Oh ! pour le coup , Messieurs , voilà DES CLARTÉS AU - DESSUS DU VUL - GAIRE. *Une volée* de bois sec le casse- roit, apparemment , sur la dure échine de Bazile , & sa moëlle épiniere n'en reste- roit pas moins courbée. Vive le bois verd pour redresser de la *moëlle.* Lequel seroit préférable, pour redresser le pitoyable lan- gage de Monsieur CARON ?

Mon Dieu , s'écrie avec raison Suzanne, *que les gens d'esprit sont bêtes.* Quelle vérité, Messieurs ! combien elle est sen- sible ! J'en ai pour garant l'ingénu , le spirituel Figaro , qui convient qu'on a tort de ne pas le croire.

Suzanne qui soupçonne que son amant n'entend pas à demi mot, s'exprime si énergiquement , que la fotte *tête* de Figaro s'amolit de furprife , & fon *front ferti-lifé* , ... pourroit recevoir *quelques petits boutons* , ... à ce que difent des gens fuperftitieux.

L'ame honnête de Figaro n'eft pourtant pas retenue par *la honte* : ce qu'il fouhaite, c'eft *un moyen d'attraper ce grand trom-peur, en le faifant tomber dans un bon piége* , & d'empocher fon or.

Avouez , Meffieurs , que l'on ne peut être plus complaifant , & que la leçon que Figaro donne aux époux de fon efpece , vaut bien celle de Bazile.

Ainfi Monfieur DE BEAUMARCHAIS entend trop parfaitement le jargon des ruelles, pour n'avoir pas le *front fertilfé* de le foutenir jufqu'à la fin de fa Comé-die, qui eft d'un genre extrêmement moël-leux. Cet Auteur, dit - on , approche de foixante ans. La pefte ! quel ribaud ce de-

voit être dans ſa jeuneſſe ! Quelles mœurs
que celles qu'il va continuer de prêcher
ſur ſes treteaux , pour l'inſtruction de ſes
ſots & libidineux partiſans !

Avant de pourſuivre mes remarques ,
il eſt bon de vous prévenir , Meſſieurs ,
que je ne prétends pas ſuivre auſſi rigou-
reuſement toutes les ſcenes de Figaro , qui
déshonore le Théâtre Français. Je me con-
tenterai d'en parcourir les plus ſaillantes ,
en gémiſſant du mauvais goût qui s'eſt in-
troduit depuis peu ſur la Scene Françaiſe.

S C E N E. I I.

FIGARO commence un monologue
fort divertiſſant. Il eſt ſi enchanté de
Suzanne , qui vient de baiſer *ſes doigts
réunis ſur ſa bouche , & les déployant en-
ſuite ſur ſon amant ,* qu'il s'ecrie qu'elle
eſt une *charmante fille , ... toujours
verdiſſante. . . . . .* (Auroit - elle déjà

pris cette couleur verte dans les bras du Comte ou de Figaro ?) *mais sage , sage:* il se fâche pourtant de ce que Monseigneur veut transformer la *riante* Suzanne en Dame de lieu ; sa chere personne en *casse cou politique* , & son maître en *compagnon ministre*, qui daigneroit concourir *à l'agrandissement de sa famille* , & faire à la fois deux personnages, celui de maître (du Roi) , & celui du valet , (Figaro.) Quant au maître à chanter, Bazile , son *fripon de cadet*, il veut lui *apprendre à clocher devant les boiteux* ; il veut. . . . . Mais non, il revient au *moyen d'attraper le trompeur.* . . . . *& d'empocher son or.*

Vous riez , Messieurs, & vous me demandez le mot de ces énigmes. Oh ! adressez-vous au Prisonnier de Saint Lazare ; c'est un grand homme d'une fabrique nouvelle : il a été créé exprès pour devenir Hérésiarque en fait de bon sens & de mœurs.

SCENE

SCENE IV.

JE ne fais quelle Marceline qu'il vient dépeindre *méchante en Diable* , dialogue ici avec un lourdaut de Médecin , aux careffes duquel elle doit un *petit Emmanuel* , & prétend que ce Docteur intrigue pour la marier avec le *généreux, généreux Figaro*, qu'il regarde comme *un voleur*, parce qu'il lui a enlevé fa *jeune maîtreffe, & volé cent écus* ; mais qu'elle venge noblement, en le traitant de *Seigneur toujours gai, jamais fâché.* Elle s'impatiente fort de voir que le Docteur s'intéreffe pour Suzanne, qui eft une *rufée.*

SCENE V.

SUZANNE, qui a entendu le dialogue, releve d'importance Marceline fa rivale : leurs reproches réciproques font très-édi-

B

fiants. L'on foupçonne , en les lifant , la fource où l'Auteur les a puifés. Avançons, de peur que le langage féducteur de Pierre-Auguftin Caron de Beaumarchais , ne nous prévienne en fa faveur.

SCENE. VI.

VOUS trouverez peut-être étrange, Meffieurs , que la chafte Suzanne , après avoir chaudement foutenu, avec Marceline, une converfation des plus importantes, *ne fache plus ce qu'elle venoit faire ?*

Qu'un tel accident ne vous inquiéte point. Les femmes de la trempe de Suzanne , font fujettes aux vapeurs , fufceptibles , par conféquent, de perdre fouvent la tête.

SCENE VII.

ARRIVE ici un petit Page du Comte, très-sémillant, qui soutient avec Suzanne une conversation des plus modestes. Il lui avoue d'abord qu'il brûle d'en conter à Madame, qui est *noble & belle* ; mais si imposante. . . . . . . Il souhaiteroit, du-moins, faire l'office de Suzanne ; c'est-à-dire, *habiller le matin* la Comtesse, *la déshabiller le soir.* . . . . . . Mais il s'en dédommage avec Suzanne qui *l'écoute* ; moins que sa *cousine Fanchette* ; tandis qu'à la vue d'une femme, il éprouve un sentiment. . . . . . . Son *visage est en feu :* le besoin, ... une femme, une fille. . . . . .

Invitez, Messieurs, les peres & meres à faire lire cette curieuse scene à leurs enfans ; ils y puiseront des maximes édifiantes, & tout-à-fait dignes de les rendre recommandables à la postérité la plus reculée.

SCENE VIII.

A la suite de la décente conversation que le Page, Chérubin, vient de tenir avec Suzanne, notre Auteur toujours zélé pour l'honneur des familles, en encadre une entre le Comte & la femme de chambre, qui doit apprendre aux époux combien il est intéressant que leurs dames se munissent toujours d'une femme de chambre jeune & jolie. Il n'y est question que du *devoir des femmes*. . . . Savez-vous, Messieurs, quel est ce devoir ? vous croiriez que le détail va suivre. Oh ! détrompez-vous. Au lieu de cette leçon, l'on s'étend beaucoup sur certain *droit du Seigneur*, qui fait *de la peine aux filles, n'est-ce pas? Suzon, ce droit charmant, si tu voulois en jaser ce soir au jardin avec moi sur la brune, je mettrois un tel prix à cette légere faveur...*

Il faut avouer, Messieurs, que PIERRE-AUGUSTIN CARON DE BEAUMARCHAIS, a fait, chez la plus vile canaille, un cours d'amour bien digne de sa grande ame, & de son cœur généreux.

SCENE IX.

NE voilà-t-il pas que le maudit maître à chanter, Bazile, vient troubler la fête, & s'égaye sur le fait des amours secrettes du Comte. Il a de plus la noble charité de nous apprendre que, *de toutes les choses sérieuses, le mariage étant la plus bouffone,* il a pensé. . . . . . que le Comte, Chérubin, la Comtesse, la cousine Fanchette & Suzanne, la première *Camariste,* . . . . . font. . . . . .

Si vous voulez, Messieurs, vous former une idée nette de la pudique conversation de tous ces misérables personnages, donnez-vous la peine de vous transporter à la Place Maubert, au Carousel, sous les Pilliers des Halles, à la Courtille, aux Por-

cherons ; & , dans tous ces différents en-
droits , qui ont leurs différents idiomes,
vous trouverez de quoi rectifier votre ame,
& de quoi nourrir votre esprit.

Monsieur de Beaumarchais , dans sa
jeunesse , a probablement fait ses premieres
études sous de tels maîtres , puisquil pos-
sede à fond tous les éléments de leur
langue naturelle.

S C E N E X.

UNE foule d'Acteurs & d'Actrices
figurent dans cette scene qui est très-bi-
zarée. Il y est encore question du *chapeau
rouge*, qui fait rougir le Comte. . . . .
Suzanne le persiffle sur sa vertu, lorsqu'il
débite les plus fortes polissonneries. . . . .
Des *vivat* se font entendre à propos de
rien. Mons Figaro joue le rôle de jaloux ,
& prédit au *petit Chérubin* , en l'embras-

fant , qu'il ne *rodera plus toute la journée* au quartier des femmes ; plus d'échaudés , plus de goûtés à la crême , plus de mains chaudes , plus de Colin-Maillard. . . . . .

Marche à la gloire , ajoute Figaro , & *ne vas pas broncher en chemin , à moins qu'un coup de feu.* . . . . .

. Ce *coup de feu* , Meſſieurs, fait *horreur* à Suzanne , & eſt d'un *vilain pronoſtic* pour Madame la Comteſſe. N'ont − elles pas raiſon , au reſte ? Ne ſait − on pas que les femmes (quoiqu'en diſe l'Auteur des Amazones) n'ont de courage que pour s'eſcrimer en amour.

Une étourdie de Fanchette révele l'in−trigue amoureuſe du Docteur & de ſa Gouvernante. . . . . . Et puis ? . . . . Devinez , Meſſieurs ? . . . . Le déshon−neur de l'Art Dramatique , la décadence du goût & la dépravation des mœurs.

SCENE XI.

JE glisse rapidement sur cette derniere scene. *Tant va la cruche à l'eau , qu'à la fin . . . . elle s'emplit.* Bon mot : pas si bête, s'écrie Figaro dans son enthousiasme. Oh ! Monsieur Caron , tant va...... Parodie votre proverbe qui voudra : j'aurois trop à rougir , & je me tais.

ACTE

ACTE SECOND.

SCENE PREMIERE.

VOUS vous imaginez bien, Meſſieurs, que la ſcandaleuſe Comédie que j'analyſe, doit néceſſairement développer ſes infamies, à meſure que les ſcenes avancent. Toutes celles de cet Acte préſentent un tableau qui fait frémir l'honnêteté. La Comteſſe qui, comme on le verra, né gêne pas ſon cœur, cherche à s'informer des amours du Comte, *dans le plus grand détail.*

Il vouloit donc te ſéduire, dit-elle à Suzanne ? Oh ! *Monſeigneur n'y met pas tant de façons*, répond celle-ci : il vouloit acheter une maîtreſſe *à beaux deniers comptans.*

Ce premier aveu de Suzanne lui en arrache un ſecond, qui porte ſur la Comteſſe,

C

Le petit Page, ajoute-t-elle, s'exprime ; Madame, à votre égard, d'une maniere bien vive. *Ah ! Suzanne*, me répéte-t-il souvent, *quelle est noble & belle ! mais qu'elle est imposante !*

Soupçoneriez-vous, Messieurs, que la Comtesse ne veut pas avoir *cet air-là* avec Chérubin ? . . . . . Elle fait entendre, au contraire, qu'elle souffriroit volontiers que *ce petit morveux* osât quelque chose de plus que de *baiser le bas de sa robe*, au lieu de vouloir *toujours embrasser* Suzanne *par contre - coup.* . . . . . .

Cette lubrique Comtesse s'exprime ici avec tant de feu, qu'elle fait ouvrir une fenêtre pour respirer le grand air. La jalousie l'étouffe, l'amour la suffoque ; & tout cela est du plus noble comique.

SCENE II.

FIGARO entre à propos sur la scene ; pour justifier le Comte, & donner une

idée claire de sa conduite & de ses mœurs.
Monseigneur, s'écrie-t-il de la meilleure
foi du monde, *trouve une jolie fiancée ;
il veut en faire sa maîtresse : qu'y a-t-il
là d'extraordinaire ?*

Convenez, Messieurs, que voilà la leçon
toute faite aux Seigneurs dont les épouses
ont de jolies femmes de chambre. Figaro,
tout complaisant qu'il se montre ici , se
propose pourtant de tempérer *l'ardeur* de
son maître *sur ses possessions* ; mais le secret dont il veut user pour cet effet , n'est
pas un secret commun.

Tenez , dit-il, *pour tempérer l'ardeur
des gens de son caractere , il faut leur
fouetter le sang ; & c'est ce que les femmes entendent si bien.*

Je ne sais si les femmes dont parle ici
le sieur de Beaumarchais , ont en effet
ce secret ; mais je voudrois bien savoir
celui de *tempérer l'ardeur* d'un caractere,

en fouettant le fang. Quel galimathias ! *Rifum teneatis amici.*

Ne voilà-t-il pas que la Comtesse prend pour elle cet avis, & s'offense *des foupçons* que cela jette fur fa conduite. *Il y a très-peu de femmes,* répond infolemment *Figaro, avec qui je l'euffe ofé* (jetter des foupçons) *de peur de rencontrer jufte.*

Avouez, Meffieurs, que nos belles Dames, nos Virtuofes, doivent au moins des remerciments à l'honnête Figaro. Il les traite avec affez de dignité, pour mériter d'en être *l'agréable.*

Figaro ne s'en tient pas au fecret de *tempérer l'ardeur* du Comte, en lui *fouettant le fang.* Comme il eft expert dans tous les genres, il propofe à la Fiancée un *rendez-vous* avec Monfeigneur. *Oh ! Dame, quand on n'eft bonne à rien, & que l'on n'ofe rien, on n'avance rien.*

Un méchant s'imagineroit que Figaro

(21)

veut férieufement que la fiancée fe livre au Comte. Point du tout : il lui propofe d'envoyer *Chérubin à fa place.* En conféquence il fort, envoye *Chérubin pour l'habiller, le coëffer ; & puis , faute Monfeigneur.*

L'on ne peut fe diffimuler , Meffieurs; que toutes ces belles phrafes font écrites avec autant d'élégance que de moralité ! Oh ! Figaro , vous étiez *né pour être Courtifan !* Le fieur Caron eft trop heureux de ce que je ne le fuis pas : fa *moëlle épiniere* pourroit bien fe reffentir de l'outrage qu'il fait à nombre d'honnêtes gens ; & vous , ô Courtifans, que ces impertinences ont fait rire, quel nom doit-on vous donner ?

SCENE III & IV.

LA COMTESSE.

SUZANNE, comme je fuis faite ! Ce jeune homme qui va venir.

Vous fussiez-vous imaginé , Messieurs, que cette brave Comtesse auroit été capable de ne pas farder ses sentimens? Plus excitée par l'effervescence du sang , que par le respect de la pudeur , elle ne veut pas, comme l'avoue Suzanne, que le trop aimé Chérubin s'échappe de ses bras sans les honneurs du triomphe. Le drôle ne s'y prend pas mal , puisqu'*avec ses longues paupieres hypocrites* , il se plaint de ce que le Comte (qui en est jaloux) l'envoye faire le *bel Oiseau bleu.*

Pierre-Augustin Caron de Beaumarchais, fait un digne éloge de l'uniforme militaire. Si j'avois l'honneur de connoître tous les Chefs des Régiments de France, je les inviterois à faire payer sur la moele épiniere de Caron , le tribut de reconnoissance que mérite son injurieuse pensée de *bel Oiseau bleu.*

Gnian, gnian , gnian , gnian , dit l'élégante Suzanne. *L'Oiseau bleu* va chanter une belle Romance à l'honneur de Ma-

dame ; & Madame fait l'honneur à Chérubin de l'approuver , parce qu'il *y a*
(dans cette Romance) *du sentiment.*

Or , Messieurs , j'appelle de cette Romance à l'équité de vos lumieres ; mais
vous êtes de mon avis : vous en abandon-
nez la décision aux spectateurs ou lecteurs
qui en sont pénétrés. Elle est en effet si
noble, que les petits polissons la chantent
en Chorus dans les rues.

Enfin , le travestissement a lieu. Déjà
Chérubin est habillé ; mais *voyez donc,*
dit Suzanne à la Comtesse , *comme il est
joli en fille ? Je suis jalouse , moi ; voulez-
vous bien n'être pas jolie comme ça ?*

Charmante exclamation ! Elle méri-
teroit seule un commentaire. Je me trompe ;
elle a mérité une édifiante gravure que les
Badauts admirent & payent avec de l'or.
Français ! Français ! serez-vous toujours
Welches ?

SCENE V.

LE Comte fait une visite à Madame, dans cet instant critique. Qu'eût-il dit, s'il eût trouvé sous sa main le petit Page *joli comme ça ?* Suzanne, qui est une madrée, tire sa maîtresse d'embarras ; & Beaumarchais apprend à toutes les femmes de chambre, le moyen de protéger efficacement les amours secrettes de leurs Dames. Si les maris sont contents de cet arrangement, qu'ai-je donc à dire ? Rien. J'ai pourtant la démangeaison de parler ; mais ce ne sera qu'en faveur des blessés, qui méritent l'attention de l'humanité. Or, écoutez la recette infaillible que l'ami Caron leur donne, par la bouche de Chérubin, pour les guérir.

Prenez le ruban d'une Comtesse, *quand il a serré la tête, touché la peau d'une personne.* . . . . . . Esuite, dites - vous, Messieurs ?

Meffieurs ? Mais demandez cette fuite à la Comteffe, qui a dû en *faire l'effai à la premiere bleffure.* . . . . *d'une de fes femmes.*

L'euffiez - vous cru, Meffieurs, que Monfieur de Beaumarchais, déjà grand homme dans plus d'un genre, fût profond dans l'Art de guérir ? Hélas ! répondez, lecteurs modeftes !

SCENE. VI & VII.

L'ADRESSE de Suzanne fauve l'honneur de la Comteffe, & confond la colere du Comte, qui eft un bon homme non trop fin. Elle fait déguerpir, par la fenêtre, l'amoureux Chérubin. *Ah !* s'écrie-t-elle enfuite, *le petit garnement eft auffi lefte que joli.* . . . . *Si celui - là manque de femmes.* . . . .

Il eft à préfumer, Meffieurs, que Suzanne eſt au fait du métier : elle ſait de la premiere main ce qu'il faut aux femmes. Donneront-elles leur aveu à l'indiſcrétion de Suzanne ? C'eſt un ſi de doute.

SCENE VIII & IX.

Après beaucoup de tapage qui dé-route la Comteſſe, & qui lui fait chercher un ſecret que Suzanne vient de détourner , mais que le ſot Comte ne pénetre pas, la réconciliation ſe fait. La Comteſſe pardonne à Monſeigneur de l'avoir jouée. *Que je ſuis fâchée* , ajoute-t-elle ; *on ne croira plus à la colere des femmes.* La femme de chambre met le ſceau à la réconciliation, par un conſeil que les maris doivent ſuivre. *Laiſſez-nous priſonnieres ſur parole , & vous verrez ſi nous ſommes gens d'honneur.*

Voilà encore, Meſſieurs, de la morale à la Beaumarchais : convenez qu'elle eſt ſublime !

SCENE XI.

O CRUEL incident ! Un étourdi de Jardinier, Antonio, tenant dans ses mains un pot de giroflée foulée, s'avise de le présenter au Comte. *Faites donc griller les fenêtres qui donnent sur mes couches , lui dit-il : tout-à-l'heure, il vient d'y tomber un homme.*

Il est inutile, Messieurs, de s'arrêter aux moyens adroits que Suzanne & son amant employent pour étourdir Antonio, & pour nourrir le pauvre Comte dans la persuasion où il est que Madame est innocente. Il ne fait qu'en penser ; mais il s'écrie *avec dépit: Allons, il sera écrit que je ne saurai rien.*

Je demande, Messieurs, si l'Auteur veut faire entendre ici que tel est le sort d'une infinité d'époux ? Si cela est , je lui demande grace pour quelques-uns ; du moins, pour leurs chastes épouses.

SCENE XII.

ICI , le Comte, pour se délasser , sans doute, permet à tous les Paysans l'entrée de son Appartement : en conséquence , il ne s'agit plus des sourdes intrigues de Madame. Figaro & Bazile s'occupent de leurs affaires en présence de Monseigneur, qui est charmé de voir que son valet a un rival dans Bazile , lequel, dit-il, a *des droits sur Marceline.* Le cas est si important, qu'il faut appeller *les gens du Siége.* Bazile, qui est désigné pour cette commission, répond qu'il est *homme a talent.* . . . . . que son emploi est *d'enseigner* . . . . . (il se garde de dire ce qu'il a enseigné à Suzanne dès le premier Acte) *à chanter aux femmes , à jouer de la mandoline aux Pages.* . . . . .

Un polisson, *petit paturiau de Chevres,* s'offre au Comte , après le refus du superbe Musicien. Celui-ci l'accepte ; mais, ó douleur ! Bazile est condamné à l'amuser en che-

min avec sa guitarre. Bazile devient humble;
parce qu'il n'est *qu'une cruche*, & qu'il n'a
pas *l'air en train de chanter*. Figaro, pour
l'égayer, lui propose un air de *richesse*, *sa-
gesse de sa Suzon, plon, plon…. en là-mi-là*.
Ouvrez, Messieurs, Moliere : je vous défie
d'y trouver un morceau plus spirituel.

SCENE XIII & *dernieres*.

TOus nos élégans acteurs & les paysans
disparoissent sans dire adieu. La Comtesse
reste avec Suzanne, pour lui confier ce dont
on se doute, qu'elle a fait *une sotte figure*.
Au contraire, répond la femme de chambre. Combien *l'usage du grand monde donne
de la facilité à une femme comme il faut ;
pour mentir sans qu'il y paroisse*. Ma foi,
Mesdames, si vous manquez de principes,
vous les trouverez ici pour couvrir vos infi-
délités, & pour…… Je n'ose achever : quel
monstre, que le donneur de ces réflexions!

La scene du petit Chérubin , sauvé par
l'adresse de Suzanne, dégoûte la Comtesse
du moyen de surprendre son mari, comme
elle a risqué d'en être surprise. Elle propose
à Suzanne d'aller, elle-même, au *rendez-
vous*. Celle-ci, qui pense encore à Figaro,
fait la difficile ; & Madame se détermine
à représenter, en personne, le petit Chérubin, habillé, coëffé en fille, & *joli comme
ça*. Ce plan est approuvé de la femme de
chambre, qui en conclut que *son mariage
est assuré*.

Tous ces morceaux , Messieurs , tout
décousus qu'ils sont , développent à mer-
veille le but de Monsieur Caron : on y découvre à la fois ses perfidies & sa honte.

Fin du second Acte.

ACTE TROISIEME.

SCENE PREMIERE.

Dans ce troisieme Acte, le Comte fait partir un courier, pour s'assurer de l'absence du petit Page : il fait de nouvelles réflexions sur l'aventure de l'homme sauté sur ses giroflées. *Où diable a-t-on été placer son honneur, s'écrie-t-il ?* En voyant Figaro qui se présente, il croit que celui - ci va lui rendre *le fil* d'une intrigue *qui lui échappe ;* mais *l'insidieux valet* s'en tire en valet fidele. Le Comte croit l'intimider, en le menaçant de lui faire épouser la vieille Marceline. Figaro la refuse hardiment. A-t-il tort ? *puisque Monseigneur ne se fait pas scrupule de lui souffler toutes les jeunes, pourquoi se feroit - il un crime de refuser une vieille ?*

Zest, en deux mots ; crac, en trois sauts, voilà Monseigneur payé en bonne monnoye.

SCENE IV & V.

CEPENDANT tout est prêt pour juger la cause. Figaro l'assure & disparoît, sans que je sache pourquoi ; à moins que ce ne soit pour donner au Comte le temps de dire que ce drôle-là le *serre, l'entortille*. . . . *Ah ! frippon & fripponne, vous vous entendiez pour me tromper.* . . . . Mais je me trompe moi-même ; il faut bien que Figaro soit absent, pour que le Comte ait la facilité de s'entretenir très – modestement avec Suzanne, dont, *avec un grain de caprice, il raffollera*. . . . Qu'elle est *charmante ! Où prend-elle tout ce qu'elle dit ? S'il l'avoit eue sans débats, elle auroit été mille fois moins piquante.*

Après des propos aussi doucereux, vous vous doutez bien, Messieurs, que Monseigneur s'imagine tenir Suzanne, pour faire valoir, avec elle, *le droit du Seigneur.*

L'on

L'on ne peut mieux apprendre aux De-
moifelles, l'art de minauder avec un maître entreprenant.

Ah *! Caron, Caron, quæ te dementia cepit?*

S C E N E *VI* & *VII.*

FIGARO reparoît, & la fidelle Suzanne
l'amene , pour lui rendre compte du
dialogue de la fcene précédente. Apparemment que le Comte, en revenant fur le
théatre, a entendu les premiers mots de
Suzanne : ils l'intriguent ; il fe décide à
faire rendre un *bon Arrét là* .... *bien
jufte*, parce que rien n'eft plus jufte, fans
doute, que de féduire une fiancée.

Antonio, l'oncle de Suzanne, & qui eft
pêtri *d'un noble orgueil*, foutiendra fûre-
ment fes prétentions. *Après tout, dans le
vafte champ de l'intrigue, il faut tout cul-
tiver, jufqu'à la vanité d'un fot.*

E

Monsieur de Beaumarchais devroit bien donner, Messieurs, une culture plus décente à son imagination, sans entortiller notre jugement *dans le vaste champ de l'intrigue.*

SCENE VIII, *jusqu'à* *la derniere.*

ICI commence le procès de Figaro & de Marceline, qu'on veut lui faire épouser. Le Juge, qui est un imbécille, & qu'on nomme, à juste titre, *Bride-Oison,* entend d'abord le Docteur & sa gouvernante. Figaro, qui se présente, & qui *n'est pa-as si béte que l'a-avoit cru d'a-abord* le sot Juge, commence par se défendre avec des quolibets, qu'il soutient long-temps. Enfin, son nom de baptême qu'il est interpellé de dire, est *a-anonime,* & tout son individu est gentilhomme.

La cause est appellée entre Nicole Mar-

cefine de Verte Allure , & le gentilhomme
anonyme Figaro. Une fyllabe fait tout le
fujet de la difpute. Il s'agit d'abord d'un
ou ou d'un &; puis , de la feule fyllabe
ou, que le Docteur plaidant *contre l'ufage*,
prétend être copulative, & Figaro alterna-
tive. Sur cela, Monfieur le Docteur &
l'intimé Figaro , débitent du favoir & fe
difent de nobles injures.

Toute cette fcene, Meffieurs, eft fi admirable, qu'on a crû devoir la repréfenter
fur une belle gravure que je n'acheterai
point. Le Comte qui mene Bride-Oifon,
& qui eft à la tête de fa favante juftice,
fait perdre à Figaro un procès qui fe ter-
minera bientôt en fa faveur. Attendez le
dénouement.

Vous me demanderez peut-être, Meffieurs, qui a fait perdre d'abord à Figaro
ce procès ? ne voyez-vous pas que *c'eft ce
gros enflé de Confeiller*.

Monsieur le Comte, de crainte *d'injuf-*
tice, demande à Figaro qu'il nomme *fes*
nobles parents, dont il croit le confente-
ment néceffaire pour fe marier. Figaro,
qui les cherche depuis quinze ans, les
ignore encore ; mais un *hieroglyphe à fon*
bras droit, lui fait feulement foupçonner
qu'il étoit un enfant précieux.

Fin du troifieme Acte.

ACTE QUATRIEME.
SCENE PREMIERE.

FIGARO complimente Suzanne fur la reconnoiſſance précédente, & transforme *un diable déchaîné contre lui, une furie acharnée, en la meilleure des meres.* Vous demeurez tranſis de ſurpriſe, Meſſieurs ? ne voyez-vous pas que tout cela eſt dans la nature? voilà Figaro remis dans ſon état, & rendu à des parents qui *ſont ſuf-ſiſants pour lui,* qui n'a pas la vanité des riches. Ainſi, il a perdu de vue le plaiſir qu'il ſe promettoit *d'empocher l'or* de ſon maître. L'on ne devineroit pas que cette tendre converſation aboutit à demander à Suzanne la permiſſion de prendre *la place de la folie,* & d'être *le ſeul qui conduiſe* l'amour *à ſa jolie mignone porte?*

Ne faut-il pas, Meſſieurs, avoir un

front d'acier, pour ofer prendre ce ton d'impudence fur un théatre public? mais Figaro s'eft déjà affez bien montré : il nous réferve encore d'autres poliffonneries de fa façon. Il fe contente ici d'exiger qu'elle n'aille pas au *rendez-vous* du Comte, & qu'elle n'aime que fon mari : elle en donne fa parolle, & fi elle la tient, elle fera *une belle exception à l'ufage*. Si Figaro ne fuffit pas, Meffieurs, pour qu'on l'en croye fur fa parolle, vous entendrez bientôt fon maitre parler le même langage, & rendre juftice aux mariages. Nous devons les en remercier pour tous les époux.

SCENE II & III.

DE qui parle ici la Comteffe? je l'i-gnore. Je fais feulement qu'elle envoye Figaro au Comte, & qu'elle retient Su-zanne, pour lui dire que puifqu'elle fe refufe au rendez-vous, Madame projette de s'y rendre à fa place; & puis, elle lui

fait écrire le commencement d'un rendez-
vous nouveau. Elle donne à Suzanne une
épingle, pour cacheter le billet, ce qui eſt
une nouvelle eſpece de cachet, & laiſſe
tomber un ruban qu'elle attachoit; mais
ce ruban que l'on apperçoit à terre eſt en-
ſanglanté (cette belle tache étoit due au
petit Chérubin.) Donc Madame ne doit plus
le porter ; elle le deſtine à Fanchette, qui
lui apporte un bouquet, accompagnée de
Chérubin habillé en fille, qu'elle embraſſe ;
ce qui ouvre la bouche du petit drôle, &
lui fait dire un mot, ſeul capable de le
trahir, s'il ne l'avoit pas deſiré.

SCENE IV & V.

ANTONIO, qui vient d'arriver, recon-
noît Chérubin ; &, en dépit de ſon dé-
guiſement, il le préſente au Comte : *voilà*,
dit - il ; *votre Officier.* Nouveau ſujet de
jalouſie pour le Comte & de reproches
réciproques entre lui & la Comteſſe. Un

menfonge la tire d'affaire, & Fanchette l'appuye. *Ah! Monfeigneur, quand vous me dites, tiens, petite Fanchette, fi tu veux m'aimer, je te donnerai tout ce que tu voudras.* . . . Eh bien! Meffieurs les Comtes, voilà de fortes inftructions: Madame la Comteffe y trouve fon compte, parce que cela couvre fon infamie, & lui donne le droit de fe venger. *Ah! Madame la Comteffe fait bien que lorfque les jeunes filles ont une fois pris l'effor.* . . . Seroit-ce un avis que le Sieur Caron donne ici aux meres, ou une invitation aux *jeunes filles* de prendre l'effor? la pudeur dont l'Auteur fait une profeffion publique dans toute la piece, me fait furieufement craindre que fon intention ne foit perverfe. Mais je fouhaite de me tromper.

SCENE VI *, jufqu'à la dixieme.*

NOUS voilà encore revenus, Meffieurs, au faut par la fenêtre, à l'éternel petit Page, à du bavardage qui multiplie les fcenes. *Allons*

*lons , mes belles.... Ah! ça , vous-autres....
Ah! çà , finirons-nous ?* Toute cette fcene
eft pleine, Meſſieurs, de ces élégances. On
n'a pas dormi, dit-on, dans les premieres
loges ? Quel malheur ! Pour moi, je m'en-
nuye beaucoup, en lifant tant de pefantes
phrafes. Enfin, *voilà les violons & les Cor-
nemufes* qui.... appellent : peut-être allons-
nous nous réveiller.

La feptieme & huitieme fcene ne valent
pas, Meſſieurs, la peine d'être lues, à moins
qu'on ne veuille faire un fecond facrifice à
l'ennui. Heureufement, il ne fera pas long ;
les reftes de ces fcenes ne rempliffent qu'une
page ; mais, en récompenfe, il y a beaucoup
d'apprêts pour la fuivante. C'eft une nôce
qui entre , mais une nôce finguliere , où il y
a des Huiſſiers, des Magiftrats, un cortege
nombreux, & des arrangemens qu'il faut
lire, fi l'on n'a pas la patience d'envoir la re-
préfentation fur le théatre : venons au fait.
Tandis que le Comte met fur la tête de Suzanne un chapeau, celle-ci lui gliffe le billet

de la troisieme scene , qu'il cache d'abord avec précaution, & qu'il montre ensuite si étourdiment, qu'*il se pique jusqu'au sang* avec le cachet, c'est-à-dire, avec l'épingle. *Les femmes*, dit - il, *fourrent des épingles par-tout.* Figaro voit le billet, lâche à cette vue une pagnoterie.... &c. Prenez garde à vous; il faut *des gardes à la porte* , s'écrie l'Huiſſier. Qu'y-a-t-il donc de nouveau ? quelque ami de cette belle nôce vient-il la troubler ? Eh ! c'eſt le Muſicien Bazile, qui marche *avec un village entier*, en chantant un Vaudeville qu'il répete à *trois fois*, tant l'on eſt charmé de ce beau morceau. Mais d'où vient cette gaieté ſi vive de Bazile? c'eſt qu'il penſe à Marceline dont il *demande la main*, & que Figaro lui défend d'*aproxi-mer*, ſous peine de.... Apparemment de dire & de recevoir des injures de crocheteur; car l'un & l'autre ne les épargnent pas. Bazile, qui s'en eſt pourtant aſſez donné, ſe dépite & ſe retire en déclarant *que tant que Mon-ſieur* (Figaro) *ſera quelque choſe* ici, lui (Bazile) *n'y ſera plus rien.*

SCENE XI & XII.

SOUVENEZ-vous, Messieurs, du *rendez-vous*. C'est *sous la grande allée des marronniers* qu'on le donnoit. Ne voilà-t-il pas que Grippe-Soleil, *petit Pâtriau*, parle de préparer sous ces maroniers le feu d'artifice qui doit rejouir toute la nôce ? Jugez si le Comte est satisfait : cette étourderie dérange l'ordre & l'heure de ses amours ; mais il est trop rusé pour se décéler. A la place de la grande allée, il désigne *la terrasse*, qui est *devant les fenêtres* de la Comtesse, afin qu'elle le voye sans s'incommoder. Il est complaisant, ce Comte ; mais je souhaite que les maris n'en imitent ni ce trait d'attention, ni bien d'autres. Figaro, qui est surpris, affecte néanmoins de n'être point jaloux du procédé du Comte avec Suzanne, à laquelle il *pardonne d'avance* de le tromper *un jour* ; mais, comme il l'avoue, *elle aura fort à faire auparavant.* Vous êtes donc jaloux, Monsieur Figaro ?

SCENE XIII & *dernieres.*

CEs trois scenes nous apprennent, Messieurs, que Fanchette rapporte à Suzanne son épingle, en prenant *garde que personne ne la voye*; que Figaro qui l'interroge, demeure toujours jaloux; que Marceline qui *a raison, toujours raison*, se mocque de la *Philosophie* imperturbable de son fils, & nous apprend comment les hommes sont la dupe des femmes. *Nous autres femmes, dit-elle, lorsqu'une injure personnelle ne nous anime pas les unes contre les autres, nous sommes assez portées à défendre nos intéréts communs contre ce terrible & pourtant un peu nigaud de sexe masculin.......* O hommes vulgaires, apprenez ici le secret des femmes & le trait *camétéristique* de votre espece. Le sieur Caron vous traite noblement; ne l'en remercirez-vous pas? Avouez au moins que toutes ces scenes sont puériles, dégoûtantes, dérisoires de nos mœurs & du sens commun.

Fin du quatrieme Acte.

ACTE CINQUIEME.

SCENE PREMIERE.

Prenons un peu l'air, Meffieurs, dans le jardin : nous avons befoin de nous rafraîchir, après la fueur qu'a dû nous caufer l'impatience de lire les Actes précédents. Auriez-vous cru que le petit Page fût l'amant de toutes les femmes de cette Comédie ? La Comteffe & la foubrette en ont la tête affolée. La jeune Fanchette avoue ici qu'elle n'a fouffert les queftions des gens du Comte, que dans l'efpoir d'en être payée *par un fier baifer toujours....* quand elle lui préfentera l'orange qu'elle lui apporte.

SCENE II & III.

Bon foir.,... *Quelle heure eft-il ? ......* dit & demande Figaro, *qui a l'air d'un Confpirateur.* En un mot, *Figaro n'eft pas*

un fot ; il s'appelle verte allure du chef ho-
noré de fa mere ; il a le Diable au corps.
Quelles expreffions ! combien elles font nobles ! Pourfuivons. Figaro jure contre le
Comte qui le joue ; il analyfe fa naiffance,
la raifon de fa très-haute Seigneurie ; &
puis, il m'affaffine de fes intrigues, de fes
états divers, de fes fripponneries, de fes far-
cafmes, de fes pefantes pointes & des élo-
ges outrés qu'il fe donne....... *Enfin, il fe
croyoit défabufé. Ah! Suzon, que tu me
caufes de chagrins !* Ah ! Monfieur de
Beaumarchais, que vous me caufez d'im-
patiences & d'ennui !

SCENE IV, jufqu'à la IX.

JE n'ai pas la force, Meffieurs, de rap-
procher ici toutes les impertinentes poliffonneries que le déguifement de la Comteffe & de Suzanne font dire aux Acteurs
de toutes ces fcenes. Contentons-nous de
rire ou plutôt de gémir des infames avances

que le jaloux Figaro fait à Suzanne , qu'il prend pour la Comtesse, & des tendres soufflets qu'elle donne à son jaloux. *Il en pleut, lui dit Suzanne;* mais Figaro répond que *les siens sont des bijoux;* &, *ventre à terre,* il court demander pardon à son amante.

Le Comte trompé lui-même par le travestissement de Suzanne, qu'il prend à son tour pour la Comtesse , veut tirer l'épée contre le doucereux Figaro, qui affecte d'embrasser la fausse Comtesse....., *O ciel! il est sans armes !* Il n'en juge pas moins que la Comtesse est coupable...... Tout se découvre enfin.

S C E N E XI.

ICI, Monsieur le Comte va s'occuper de sa vengeance : il fait entourer par ses gens *l'homme de bien,* Figaro , & l'interroge. Lisez, Messieurs, l'interrogatoire , les réflexions de l'imbécille Bride-Oison , que le hazard a conduit ici ; lifez les fins propos qu'occafionnent le déguifement prouvé de la Comteffe & de Suzanne , & le refte de cette derniere fcene qui me femble un peu bête ; lifez enfin avec le même fens froid que moi cette Comédie tant prônée , & dites-moi , après votre lecture réfléchie , quel en eft le but ? Je n'y vois rien de femblable à toutes celles qui l'ont précédée , & qui du moins font dire : L'Auteur à rempli un tel plan. Le feul que je découvre ici , me paroît être une cenfure des bonnes mœurs, une leçon d'amourette , de fcandaleufes intrigues , & des plus infames converfations. Pour vous en convaincre encore, voyez le brillant Vaudeville qui termine cette Comédie , & que j'ai eu le zele de réfléchir , pour lui oppofer des Stances que refpecteront toutes les perfonnes honnêtes , & qui s'indigneront avec moi de l'audace inouie de Beaumarchais.

Fin du dernier Acte.

PARODIE

PARODIE
DU VAUDEVILLE
DE FIGARO.
BAZILE.

COEURS senfibles, cœurs fideles,
Qui blâmez l'amour léger,
Ceffez vos plaintes cruelles :
Eft-ce un crime de changer ?
Si l'amour porte des ailes,
N'eft-ce pas pour voltiger,
N'eft-ce pas pour voltiger,
N'eft-ce pas pour voltiger ?

PARODIE.

VOUS, qu'un pur amour infpire,
Blâmez la légéreté ;
Vous, pour qui l'homme refpire,
Aimez la fincérité.
L'inconftance eft un délire
Produit par l'oifiveté,
Produit par l'oifiveté,
Produit par l'oifiveté,

LE COMTE.

D'une femme de Province,
A qui les devoirs sont chers,
Le succès est assez mince :
Vive la femme aux grands airs !
Semblable à l'écu du Prince,
Sous le coin d'un seul époux,
Elle sert au bien de tous.

PARODIE.

Une femme prude & sage
Connoit les loix de l'honneur ;
Mais le crime est le partage
D'une femme sans pudeur.
Fille du libertinage,
Dans de honteuses amours
Elle coule ses beaux jours.

SUZANNE.

Qu'un mari sa foi trahisse,
Il s'en vante, & chacun rit ;
Qu'une femme ait un caprice,
S'il l'accuse on la punit :
De cette absurde injustice
Faut-il dire le pourquoi ?
Les plus forts ont fait la loi.

PARODIE.

Un mari se déshonore
Lorsqu'il viole la loi.
Une femme est pis encore,
Lorsqu'elle manque à sa foi.
Mais du feu qui nous dévore,
C'est moins la faute des cœurs
Que le vice de nos mœurs.

ANTONIO.

Chacun sait la tendre mere
Dont il a reçu le jour;
Tout le reste est un mystere;
C'est le secret de l'amour :
Ce secret met en lumiere,
Comment le fils d'un butor,
Vaut souvent son pesant d'or.

PARODIE.

Pourquoi de l'incontinence
Vanter les obscénités ?
Pourquoi des femmes de France
Peindre les lubricités ?
Elles ont de la décence,
Et nous nous avillissons,
Quand nous les déshonorons.

BAZILE.

Jean Jeannot, jaloux rifible,
Veut unir femme & repos ;
Il achete un chien terrible,
Et le lâche en son enclos :
La nuit quel vacarme horrible!
Le chien court ; tout eft mordu,
Hors l'amant qui l'a vendu.

PARODIE.

Que Jeannot, de son amante
Par fois fe montre jaloux,
C'eft qu'une flamme conftante
Doit unir les vrais époux ;
Mais qu'un gros chien l'épouvente ;
Qu'il morde à tort, à travers,
C'eft le comble du revers.

FANCHETTE.

Robin me dit en cachette:
Si l'amour t'étoit connu,
Que ton fein, jeune Fanchette,
De plaifir feroit ému.
Dans tous les yeux il te guette,
Je l'ai donc vu, cher Robin,
Dans les yeux de Chérubin.

P A R O D I E.

La tendreſſe véritable
Gît dans des amours décents ;
Et rien n'eſt plus reſpeſtable
Que l'homme à grands ſentiments.
On feroit bien miſérable,
S'il n'exiſtoit que *Robins*,
Fanchettes & *Chérubins.*

F I G A R O.

Quand le mal n'eſt pas extréme,
Fermons l'œil à la rigueur,
Sur les torts de qui nous aime ;
Et diſons, dans notre cœur :
Si chacun rentre en ſoi-même,
Nul mortel, de bonne foi,
N'eſt homme de bien pour ſoi.

P A R O D I E.

Petits maux ſouvent amenent
De grandes calamités,
Et quelquefois ils entraînent
De noires atrocités.
Ceux que les vices enchaînent,
Sont d'inſignes malheureux,
Des cœurs bas & dangereux.

BAZILE.

Triple dot, femme superbe,
Que de biens pour un époux !
D'un Seigneur d'un Page imberbe,
Quelque sot seroit jaloux.
Du latin d'un vieux proverbe
L'Homme adroit fait son profit,
Gaudeant bene nati ....

PARODIE.

C'est, sans doute, un avantage
D'être doté richement ;
Mais, sans être Noble ou Page,
L'on peut avoir du talent.
De l'esprit je fais usage
Pour en corriger l'abus,
Et sine libro doctus.

BRIDE-OISON.

Or, Messieurs, la Comédie,
Que l'on juge en cet instant,
Sauf erreur, nous peint la vie
du bon peuple qui l'entend :
Qu'on l'opprime, il peste, il crie ;
Il s'agite en cent façons,
Tout finit par des chansons.

PARODIE.

Une bonne Comédie
Sert de correctif aux mœurs :
L'on ne peut plaire à Thalie,
Quand on blesse tous les cœurs.
Parler, avec ironie,
Des petits comme des grands,
C'est affronter le bon sens.

CHÉRUBIN.

Sexe aimé, sexe volage,
Qui tourmentez nos beaux jours,
Si de vous chacun dit rage,
Chacun vous revient toujours.
Le parterre est votre image :
Tel paroit le dédaigner,
Qui fait tout pour le gagner.

PARODIE.

Soyons modestes & sages
Dans nos sémillants écrits,
Ou craignons les persifflages
Des Savants, des Erudits.
Pour mériter les suffrages
Du Parterre clair-voyant,
Il faut parler décemment.

LA COMTESSE.

Telle est fiere & répond d'elle,
Qui n'aime que son mari
Telle autre presqu'infidele,
Jure de n'avoir que lui.
La moins folle, helas ! est celle
Qui se veille en son lien,
Sans oser jurer de rien.

PARODIE.

Tel qui de l'impertinence
Affiche en tous lieux les airs,
Usant de trop de licence,
Se voit bientôt dans les fers.
Tel qui de sa bienfaisance
Nous étale le jargon,
Fort souvent n'est qu'un frippon.

FIGARO.

Par le sort de la naissance,
L'un est Roi, l'autre est berger ;
Le hazard fit leur distance,
L'esprit seul peut tout changer.
De vingt Rois que l'on encence,
Le trépas brise l'autel,
Et Voltaire est immortel.

PARODIE.

(9)

P A R O D I E.

Parlons des Rois & Reines
Avec un tendre refpect :
Rendons aux Cours Souveraines
Un hommage non fufpect.
Nous avons preuves certaines
Qu'on ne peut être *immortel*,
S'étant rendu criminel. (*)

S U Z A N N E.

Si ce gai, ce fol ouvrage,
Renfermoit quelque leçon ;
En faveur du badinage,
Faites grace à la raifon :
Ainfi la nature fage,
Nous conduit dans nos defirs ;
A fon but par les plaifirs.

(*) Il eft reçu, en morale comme en politique, que tout homme qui fe déchaine contre toute efpece de culte, fe rend coupable
envers la Société. Quelles horreurs Monfieur
de Voltaire n'a-t-il pas vomi contre la Religion?
Eft-ce à un tel homme qu'on doit déférer les
honneurs de l'immortalité ?

P A R O D I E.

Le savoir n'est admirable,
dans le plus sublime Auteur,
Qu'autant qu'il est estimable,
Qu'il plaît à l'esprit, au cœur;
Mais est - on bien pardonnable,
Lorsqu'on étale un jargon
Qui n'a ni sens, ni raison?

Fin de la Parodie.

AVERTISSEMENT.

CEUX qui ont quelque connoif-
sance d'un Ecrit imprimé à Bouillon
en 1782, & qui a pour titre: Lettre
D'un Alfacien à fon Ami, Souf-
cripteur des Œuvres complettes de
M. de Voltaire, avec les Caracteres
de BASKERVILLE, s'appercevront
aifément que je me fuis autant at-
taché à rajeunir les idées d'une femblable production, qu'à les embel-
lir de quelques nouveaux traits de
lumiere.

Des raifons particulieres, jointes
à la fotte confidération qu'on avoit
alors pour M. DE BEAUMARCHAIS,

empêcherent qu'on ne donnât cours à la publicité d'un tel Ouvrage ; mais les temps & les circonstances n'étant plus les mêmes, je me crois d'autant plus pardonnable d'avoir produit au grand jour le résumé de cette lettre, que je ne sache pas m'être rendu digne des vexations inouïes que m'a fait éprouver M. CARON.

Le Ciel est juste : enfin, je goûte la douceur
De pouvoir me venger de mon persécuteur.

A Monsieur de BEAUMARCHAIS.

COMMENT peut - il se faire, Monsieur, qu'un zélé partisan du plus grand génie dont la France s'honore ; un amateur du beau dans tous les genres, se soit avili au point de tromper aussi grossiérement le public que vous l'avez fait ?

Par quelle étrange fatalité que que je ne puis comprendre, l'édition complette des Œuvres de Voltaire, qu'on a imprimées par vos ordres au Fort de Kehl, & pour laquelle vous ne deviez épargner ni soins, ni peines, ni travaux ; par quelle fatalité, dis-je, cette riche Collection si long-temps attendue & toujours différée, ne répond-elle pas aux promeſſes brillantes que vous aviez faites, dans vos Proſpectus, aux honnêtes Souſcripteurs qui vous ſuppoſoient de bonne foi?

Chacun d'eux ſe croyoit en droit, Monſieur, de devenir poſſeſſeur d'un monument élevé à la gloire de l'homme illuſtre que vous avez tant prôné. Chacun d'eux s'imaginoit que ce monument (& vous l'aviez annoncé vous-même) devoit rehauſſer la gloire de Voltaire, illuſtrer ſa nation, & honorer ſon ſiecle; mais chacun, comme il appert, demeure étrangement ſurpris de ne trouver, dans votre dire, que des menſonges impudens, & un charlataniſme outré.

Le goût éclairé que l'on vous connoît pour les Beaux-Arts; cette ſageſſe admirable qui vous conduit dans toutes vos entrepriſes ; verſé, Monſieur, comme vous l'êtes, dans les plus hautes ſpéculations, tous ces avantages réunis, ne ſembloient laiſſer à vos Souſcripteurs aucun doute ſur la poſſibilité de leur donner un Chef-d'Œuvre Typographique ; mais moins jaloux, ſans doute, de juſtifier la confiance qu'on avoit miſe en vous, que de leurrer effrontément la partie la plus éclairée du public, vous avez fait conſiſter votre gloire à mettre plus de faſte dans la publicité d'un tel Ouvrage, que d'exactitude à remplir les engagemens contractés avec tous vos Souſcripteurs.

Promettre eſt un, & tenir un autre, a dit le bon Lafontaine : une auſſi

juste réflexion ne se trouve, mal-
heureusement, que trop confirmée.
Les trente volumes déjà livrés au
public, qui font partie de l'immor-
telle Collection de Voltaire, vien-
nent justement à l'appui de cette
vérité sensible.

Dans l'Avis Préliminaire qui se
trouve en tête de votre Prospectus,
vous annoncez , Monsieur , que
l'acquisition que vous avez faite en
Angleterre des caracteres de *Baskerville* devient importante , par
l'exclusif emploi que vous devez
en faire aux Editions des grands
Auteurs de plusieurs Nations. Vous
ajoutez, avec emphase, que tel est
votre plan ; que tel sera l'objet de
vos soins ; que vous en faites le
premier hommage à Monsieur de
Voltaire,

Voltaire par la raison que c'eſt le ſentiment douloureux de ſa perte, & l'énorme abus que l'on a fait de ſes Ouvrages, qui vous a inſpiré l'idée d'une telle entrepriſe, & qui a uni à vos deſſeins des hommes de lettres & des amateurs diſtingués.

Voilà ce qu'on appelle jetter de la poudre aux yeux du Public, afin de l'aveugler & d'attraper ſon argent. Oh! pour le coup, c'eſt un vrai tour à la Figaro. Ces mêmes ca-racteres de *Baskerville*, qui ne devoient ſervir qu'à nous rendre plus chere la mémoire des Auteurs célebres qui ſe ſont fait un nom dans la république des lettres, ont pourtant ſervi, antérieurement, à l'impreſſion de quelques Mémoires volumineux de Monſieur Hoffman,

Négociant à Agnau ; à celle d'une infinité de Comédies traduites de l'Allemand, telles que *Les Juifs, Pas plus de six Plats, La Piété Filiale, Le Comte de Valtron ;* à celle de plusieurs *Factums* qui ont été distribués à Strasbourg ; à celle de quelques exemplaires de *l'Exposé des changemens à faire au Palais Royal ;* en un mot, à la majeure partie des Ouvrages de Jean-Jacques Rousseau, &c, &c, &c.

Tout bien compté, vous avez gagné, Monsieur, avant de travailler au grand Labeur de Voltaire, au moins dix mille écus ; & ce petit tour de passe passe est encore digne de *Figaro.*

L'on m'a assuré, Monsieur, que

vous portiez si loin la délicatesse sur
cet objet, que vous auriez imprimé,
avec ces mêmes caracteres de *Baskerville* jusqu'à des étiquettes pour
les Parfumeurs, si on vous en eût
présentées. C'est ainsi que les plus
beaux établissements dégénerent &
s'abâtardissent, lorsqu'ils sont con-
fiés à des hommes plus avides d'argent que de gloire, qui ne connoissent pas plus l'Art Typographique, que tous les personnages
ensemble de *Figaro* ne connoissent
les loix de l'honneur.

Une objection, Monsieur, que
je dois parer, & sur laquelle, sans
doute, vous ne manquerez pas de
vous replier, c'est l'allégation pué-
rile de votre Directeur, ou, si
mieux l'aimez, de votre Commis

ad hoc. Permettez-moi, Monsieur, de faire ici une seule question : je vous demande si c'est du bâton, *verd ou sec*, dont je dois me plaindre, ou du bras nerveux de celui qui en dirige les coups sur la *moële épiniere* de quelque nouveau *Bazile?*

Afin de mieux appâter le Lecteur, vous avez jugé convenable d'insérer, dans votre Prospectus, que vous étiez l'unique possesseur du véritable secret de l'encre de *Baskervile.* Tout le monde ignore si cet Artiste avoit en effet le secret d'une encre particuliere & supérieure à toutes les autres ; mais ce dont on est sûr, c'est que vous n'en avez jamais fait usage, & qu'après avoir inutilement tenté, par des expériences réitérées, les moyens de former un vernis semblable à celui de l'Imprimeur Anglais, vous vous êtes vu dans la triste nécessité de vous servir de l'encre de Paris, qui, mélangée avec le reste des anciennes & mauvaises encres de Kehl, met à chacun de vos volumes un prix inéstimable, & vous mérite une nouvelle considération parmi les gens de l'Art : *Experto crede Roberto.*

Si je ne me trompe, je crois vous avoir entendu dire, Monsieur, précisément dans le temps où des Emissaires à votre dévotion recrutoient à Paris des Typographes, que vous vouliez porter l'Art de l'Imprimerie au plus haut degré de perfection possible. Q'est-il arrivé ? Ce qui arrive tous les jours. *Lorsque les* *gens d'un état veulent se mêler de juger ceux d'un autre, on ne voit qu'inepties imprimées* (*).

Vous voilà, Monsieur, dans le même cas : *Ex ore tuo te judico, serve nequam.* . . . . . .

Vous avez la rage absurde de vouloir toujours vous mêler de choses auxquelles vous n'entendez rien, & vous tombez toujours dans des *inepties* que l'on pardonneroit à peine à un apprentif de six mois.

Vous, Monsieur, vous qui sembliez être né pour réformer les abus, comment n'avez-vous pas

-----

(*) Propres expressions de Monsieur de Beaumarchais, insérées dans le Journal de Paris du 7 Mars 1785.

(23)

fenti qu'en voulant exciter quelquefois l'admiration, on fe rend digne
d'un jufte mépris. Vous vouliez
éclipfer toutes les preffes Françai-
fes & étrangeres. *Les Didot, les
Pierre, les Barbou, les Moutard,*
ne devoient être que des Embrions
Typographiques, en comparaifon
de l'immortel, du doct, du favant
Beaumarchais. *O vanitas!* Non, je
me trompe; c'eft ici le lieu d'em-
ployer le bon mot d'Horace: *Auri
facra fames.*

Il eft probable, Monfieur, que
fi vous aviez été affez heureux,
pour accoucher de quelques idées
nouvelles rélativement à nos Types
& au Manuel Typographique, les
monumens de notre reconnoiffance
auroient été dépofés dans toutes les

Bibliothequespubliques. Les Chambres Syndicales, les Cabinets des curieux auroient retenti du nom célebre de *Caron de Beaumarchais*. Ne prenez pas ceci, Monsieur, pour une plaisanterie : plusieurs chemins conduisent à l'immortalité. Vous savez qu'Eroſtrate mit le feu au Temple d'Ephèſe pour y parvenir, & que, malgré l'Edit des Archontes, qui défendoit de prononcer ſon nom, ce monſtre n'a que trop réuſſi à éterniſer ſa mémoire.

Pardonnez-moi, Monſieur, ſi je me ſuis écarté de mon texte, par cette courte digreſſion. Je le reprends, & je dis : Le ſort de votre ſuperbe édition, Monſieur, eſt de ne rien offrir d'uniforme même dans les choſes les plus faciles à aſſortir. J'ajoute

J'ajoute encore : Indépendamment du papier, qui offre des différences fenfibles d'une feuille à l'autre , il n'y a pas un feul volume qui ne préfente, aux yeux des connoiffeurs, des difparates tout - à - fait étranges.

La maniere d'orthographier; celle de ponctuer ; l'emploi des capitales, autrement dit majufcules, tout eft tronqué; rien n'eft analogue aux principes reçus & à la langue écrite.

Entr'autres variations fans nombre, l'on trouve, dans plufieurs volumes, les mots *de Voltaire* imprimés ainfi en lettres italiques: Dans d'autres, fouvent dans les mêmes, le *de* eft romain, & Voltaire eft en lettres italiques. L'on

d

trouve un même mot, dans le même cas, commencer par une lettre majuscule dans un endroit, & par une lettre dite du bas dans un autre. Plus loin, l'on voit la qualité suivre le nom sans virgule; & ailleurs, séparée du nom par la ponctuation d'usage. Ici, les *&c.* sont précédés d'une virgule; là, ils suivent le dernier mot, sans aucune ponctuation.

La conjonction déclarative, *c'est-à-dire*, a été mise, pendant un temps, entre deux virgules, comme c'est l'usage; mais une nouvelle insomnie du Commis *ad hoc*, lui a inspiré l'idée sublime de retrancher la seconde, & de laisser, par ce moyen, à l'Académie des Sciences, un nouvel échantillon de sa nouvelle doctrine.

Ce qui m'étonne , Monsieur ; c'eſt qu'étant phiſiquement certain que toutes les épreuves vous parvenoient, avant de les mettre ſous preſſe, vous n'ayez pas obvié à des inconſéquences qui, ſans être abſolument repréhenſibles, décelent pourtant votre turpitude, & couvrent l'Auteur de *Figaro*, ce reſtaurateur du langage Français, d'un ridicule impardonnable.

Il faut pourtant vous rendre juſtice, Monſieur, les fautes que l'on nomme typographiques , ne ſont pas en grand nombre dans votre brillante Edition ; mais il y en a beaucoup plus qu'on ne devoit en trouver. Pour ne laiſſer rien à deſirer , vous aviez aſſemblé, diſiez-vous, tout ce qu'il y avoit d'hom-

mes célebres dans toutes les parties.
Avec un tel secours, il étoit aisé,
ce me semble, d'atteindre au point
de perfection où votre noble ambi-
tion se proposoit d'aboutir.

Il est constant, Monsieur, que
vous n'avez employé jusqu'ici aucun des moyens mis en usage par
Baskerville, pour donner à votre
Edition ce degré de supériorité qui,
selon vous, Monsieur, devoit la
rendre si *recommandable*. Elle n'aura pas même le mérite des Ouvrages
ordinaires un peu soignés, imprimés chez *Barbou* où chez *Pierre*,
avec les caracteres de *Fournier* le
jeune. La beauté du papier, la
taille des caracteres, la délicatesse
des traits & déliés, tout cela pourra
bien donner quelque éclat à votre

Collection ; mais elle eſt bien éloignée de cette perfection en tout genre que vous aviez promiſe, & dont elle étoit ſuſceptible.

Je ne finirois point, Monſieur, ſi je voulois citer toutes les défectuoſités qui ſe rencontrent dans les volumes dont vous venez d'enrichir le public. Leur impreſſion offre aux yeux de tout le monde, des inégalités ſenſibles, qui défigurent en partie, ce monument durable, créé pour illuſtrer le ſiecle.

Le ſeul reproche, Monſieur, que vous ayez à vous faire, c'eſt de n'avoir pas préſidé vous-même à l'exécution d'un tel labeur. Vous aviez le titre de Directeur-Général de la ſoi-diſante Compagnie ; mais pour le mériter, il falloit au moins en exercer les fonctions, sans les abandonner au caprice d'un Despote orgueilleux, qui, en dépit du bon sens, de la regle & de l'usage, vouloit tout diriger à sa fantaisie.

Lorsqu'on joint à l'entêtement le ton du mépris le plus humiliant, il arrive que ceux qui pourroient contribuer par leur savoir, à la perfection d'un Ouvrage quelconque, abandonnent bientôt les lieux, & vont chercher à se concilier ailleurs l'estime due à leurs talents & à leur conduite.

Tous les ouvriers de France, de Suisse & d'Allemagne peuvent se flatter, Monsieur, d'avoir mis la main à l'Ouvrage que vous jugiez digne d'un autre fort. Ceux qui coûtoient peu, & qui penfoient encore moins, étoient les mieux accueillis. N'auroit-il pas été plai-fant, en effet, qu'ils euffent eu des idées ? c'étoit de leurs bras dont on avoit befoin, & non pas de leurs têtes. Celle du Commis-Directeur fuffifoit pour tous : c'étoit l'*omnis homo*. Il avoit la fcience infufe.

Je ne poufferai pas plus loin, Monfieur, mes juftes réflexions, dans la crainte de vous déplaire. J'ajouterai feulement que vos foi-xante volumes *in-Octavo*, que vous portez à la fomme de quinze louis, fans y comprendre les figures, font trop chers de moitié, & qu'en ren-dant à chacun de vos Soufcripteurs au moins fix louis, vous déchargerez votre confcience d'un poids qui doit la fatiguer.

Tels font les fentiments de celui qui vous fouhaite autant de bonheur que vos zélés partifans vous trouvent digne, Monfieur, de véritable gloire.

P.. P....., C......,
c.-d...... I..........:
L........, à K.....

F I N.

www.ingramcontent.com/pod-product-compliance
Ingram Content Group UK Ltd.
Pitfield, Milton Keynes, MK11 3LW, UK
UKHW021747090726
13657UKWH00002B/979